45.

L'ENTREE

MAGNIFIQVE ET TRIOMPHANTE DE

MARDY-GRAS

DANS TOVTES LES

villes de son Royaume.

AVEC LES RESIOVYSSANCES
de toutes les Harangeres de Paris: Et les Arrests
donnez tant contre tous les Critiques,
Rabats-joyes, Mauplaisans,
& trouble-festes.

Ensemble les Priuileges octroyez à tous bons Frippe-
lippes, Patelin, Rabelistes, & Enfans sans soucy.

N.

A PARIS,

M. DC. LI.

LES ADIEUX

MARCHAND DE

MARDY-GRAS

LE SEIGNEVR
MARDY-GRAS,

Salut,

ANT pour rendre nôtre entrée celebre, que pour voir la puiſſance de nôtre Monarchie, Nous voulons de pleine authorité, que toutes les ordonnances cy-mentionnées ſoient tres-eſtoitement obſeruées, auec defenſes expreſſes à toute perſonne de quelque qualité & conditions qu'elles ſoient, d'y contreuenir, ſur peine de la vie : car tel eſt nôtre plaiſir.

1. En premier lieu, defendons à tous Riotteux, Capricieux, Fantaſques, Raba-joye, Critiques, Terriques, Plurats, Melancoliques, Inſupportables, Maupleſans, & autre peſte du genre humain, de ſe trouuer Dimanche, Lundy & Mardy prochain vingt-ſept, vingt-huict, & premier de Mars prochain venant, dans aucunes de nos villes, ſur peine de la vie, comme perturbateurs du repos public.

2. Commandons pareillement à tous vieillars qui auront paſſé la ſoixante & huictiéme année, de ſe retirer dans les maiſons les plus écartées de la ville, ſur peine de douze mille liures, de dépit, de deſplaiſir, & de colere, que nous ordonnons à leurs gardes ces trois iours de nôtre triomphe.

3. Tout pauure infirme, & incommodez de maladies, eu égard à leurs infortunes, voulons ſeulement qu'ils ſoient portez aux greniers de leurs maiſons, donnant à leur garde vne legion de rats & de ſouris, les declarans pareillement retranchez de nôtre Monarchie.

4. Tous grate-papiers, plaideurs, & formeurs d'incidens, leurs commandons de fermer boutique, ſur peine de treize cens liures de froidures que nous leurs deliurerons.

5. Ordonnons que tous beuueurs d'eau boüillie, de tiſannes, bierres, & autre boiſſon de pareille nature, ſortent de nôtre Prouince, ſur peine de mille liures de colliques, cruditez & ventuoſitez.

A ij

6. Tous froidureux, crieux, roupieux, & mau-plaisans, leurs commandons de prendre les armes, bouteilles, verres, & autres munitions, & de se trouuer à nos portes pour nous receuoir majestueusement & canoniquement, sur peine d'estre punis de telles punitions que nous aduiserons.

7. Voulons que ses demons de sciences, ergoteurs de Filosophes, brûlent leurs cayers ces trois iours de nôtre triomphe, sur peine de vingt mille liures de folie qu'ils nous fourniront ce Caresme, à ceux-là modifiant la peine, veu que nous leur en laissons encore soixante mille liures à la teste, qu'ils garderont le reste de leurs iours.

8. Ordonnons à tous petits Scolares, porteurs de porte-feüilles, & appreneurs de ciuilitez & de contenances, de déchirer leurs liures ces trois iours de nos magnificences, pour faire des petards & des masques, sur peine d'vne douzaine de coups de fouëts que nous leur promettons en suite ce Caresme.

9. Voulons de plus que tous traisneurs de rapieres, querelleurs, duelistes, ennemis de nôtre Estat, se retirent incontinent la publication de cette hors de nôtre Royaume, sur peine de la vie.

10. Enjoignons à tous diseurs de Patinostres, Prédicateurs, Chantres de Psaumes, faiseurs d'exhortations, de se retirer de nos Prouinces dans trois iours francs, sur les peines que nous aduiserons.

11. Faisons tres-expresses défenses à tous jeusneurs, harangueurs de chaises, faiseurs d'abstinences & de mortifications, de se trouuer dans aucunes de nos villes pendant nos réjoüissances, sur peine de douze liures d'inquietudes, & d'emberliquoqueries, qui leur sera liuré par nostre executeur d'Arrest ces trois iours de nostre regne.

12. Défendons à toute petite Courtisanne, Damoiseau & autre de leur sexe, de complimenter à l'accoustumé, sur peine de seize cens liures de brocards & de moquerie.

13. Commandons à tous auaricieux de se retirer du Royaume, sur peine d'onze cens liures de repentir, de remords de conscience, de melancolie, & de tristesse, qu'ils auront durant tout ce Caresme.

14. Ordonnons à toutes personnes de quelque qualité qu'elles soient, sans argent, sans credit, ou sans inuentions, qu'elles ayent pour ces trois iours à se cacher dans les priuez des maisons de nos bons patrelites, pour viure pendant nos réjouyssances à la fumée de leurs étrons, à l'imitation du cameleon qui ne vit que du vent, sur

peine

peine d'estre exemplairement punis.

15. Commandons à tous ramonneurs, émouleurs, crieurs de dantelles, d'esguilles de Paris & de Gazettes, de se retirer dans leurs chambres, pour faire place à nos crieurs d'andoüilles, d'eau de vie, & de bons pourreaux, sur peine de douze cens liures d'eau chaude, que nous ordonnons à tous marmittons de leur jetter par les fenestres.

16. Commandons à tous faiseurs d'Almanachs, Astrologues, & faiseurs d'Horoscopes, de se retirer chez Heraclite le pleurat, pour ces trois iours, sur peine de mille liures de folie, & des resueries qu'ils auront pour bonnet de nuict.

17. Ordonnons tres-expressément à tous poissonniers, vendeurs de harans & de morrües & de sardinnes, de se trouuer dans aucunes de nos villes, sur peine d'estre tres-exemplairement, & tres-griefuement punis.

18. Mandons à tous culs camelotez, cuisses goffres, marchandes de nopces, pois, feves, & largonnes, de vendre dés maintenant leurs chaudrons pour auoir à boire, & pour dignement nous receuoir selon nos intentions, sur peine d'estre foüettez par tous les carrefours de nos vieilles maquerelles.

19. Bannissons hors de nos Prouinces pour ces trois iours tous Medecins, Apoticaires, faiseurs de bierre, & autres, veu qu'il ne sera pas de besoin de leurs potions & medicamens, puis que nos pillules sont propres tant pour vomitoires, que sommitoires, & ferons des purgations merueilleusement rares dans tout le corps humain ces trois iours.

20. Voulons pareillement que bien viste se retirent tous amateurs de pain bio, boaillies, crepes, largonnes, & autres legumages de pareille nature, sur peine de trente mille liures de cruditez & de vantuositez que nous leur fournirons pour le reste de leur entretien.

21. Mais nous enjoignons tres-expressément à tous bons Patissiers, Cuisiniers, Hostes, Vendeurs d'andoüilles & de saucisses, & autres, de s'apprester suiuant nos ordres, & apres auoir fidellement & ponctuellement obserué le tout cy dessus mentionné.

22. Dimanche vingt-huictiéme du present mois, sur les six heures douze minuttes du matin, ie feray ma triomphante entrée dedans vos villes, accompagné du sieur Bacchus, mon tres Cousin, qui doit marquer les logis, ayant à ma solde Denys Landoüille,

B

Iacques Saucisse, François Chapon, Pierre Cocq-d'Inde, Salomon Paté, Filibert Aloyaux de bœuf, Hubert Mouton, Bastien la Grillade, Corantin Sallade, & le bon pere Denys, accompagné de Cyprine, tous nos bien-aimez Confreres, & dans tous ces trois iours nous vous donnons mes bons patelittes, rabelistes, & esprits sans soucy, joye, allegresse, paix & contentemens, nous exemptons de toutes taillies, melancolies, & autre debte, pendant nostre regne, & vous rendons libres de toute inquietude, turbulances, & autres fascheuses incommoditez. Defendons à tous Sergens & Harpie de Iustice de nous molester ces trois iours, & à tous crediteurs de vous rien demander : car tel est nostre plaisir. Donné au Palais du Carnaual, Seigneur de Mardy-Gras, ce premier de nostre auant-goust, mil six cens cinquante, les milles six cens cinquante de son regne. Ainsi signé, Mardy-Gras, Bacchus, & ses Confreres.

MARDY-GRAS.

BACCHVS.

Collationné tres-fidelement à l'original, leu, publié, & affiché par moy Alliborum, Fripe-sauce, apres la prononciation de cette faite par le Chancelier Chiflemus, en la grand'Chambre du bon tonneau, afin qu'on n'en pretende cause d'ignorance. Aisi signé,

ALLIBORVM FRIPE-SAVCE.

MOnsieur le Procureur general des Escornifleurs ayant re-
monstré ce matin à nos Chambres, que dans des iours si
celebres que ceux que nous allons posseder, il auroit semblé que par
mépris, ou ingratitude des bons offices que nous aurions toûjours
receu de Messieurs les Escornifleurs, nous n'aurions pas voulu leur
deliurer des Patentes, & Lettres touchant leurs Offices d'escorni-
fleries, particulierement dans vn temps où ils trouuēt plus de voyes
d'vser de leurs droicts, & de leurs priuileges : sur quoy il auroit esté
leurs faueurs enuoyé au Lieutenant general de Bacchus ladite ex-
pedition, où il leur est permis de iouyr sans estre inquieté de per-
sonne de leurs precedans droicts : Sur quoy nous auons trouué bon
d'inferer & d'attacher aux presentes Ordonnances ladite permission,
dont la teneur est telle.

PRIVILEGES ET FRANCHISES
de Mardy-Gras.

POVR TOVS LES CAVALIERS DE LA
TABLE RONDE.

A TOVS passez, presens & à venir de la part du Lieutenant
general & Controlleurs du Prince Chislemus Seigneur &
Intendant general pour le Seigneur Mardy-Gras dans son Royaume, Sans-soucy, Primat souuerain des Escornifleurs, Comte de haut-
appetit, Marquis d'Alteration, Chancellier, Garde des bouteilles,
Gouuerneur & Procureur general, Controlleur des viandes, Pro-
tecteur des Officiers du Corps chancellant de l'Vniuersité vineuse,
establie pour l'erudition de la santé des aualeurs de vin sans corde,
dans le détroit de tout le monde, sous la petagogie ioyeuse de tout-
boira, leur Intendant general de tous les sieges Bachiques, à nos
amez & feaux & bons amis les gens tenans nos Cabarets, Tauernes,
Hostelleries, lieux de bonne-chere, toutes autres semblables places
& seigneuries à nous appartenantes, Salut, en celuy *qui Bacchant
fecit ire rectem.* NOVS vous mandons & commandons tres-expres-
sement par ces presentes, qu'aussi-tost, incontinent & sans aucun de-
lay, vous receuiez & introduisiez à table ouuerte & bien garnie,

quoy que nous n'ayons pas fait mention d'eux en nosdites Ordonnances, toutes les personnes cy nommées au present Priuilege.
Desquels nous auons fait preuue suiuant l'Autentique, *si quæ lagena*
§. *bibentib.* §. *de magnâ potatione*, & interrogé sur les principaux
poincts qui concernent le faict de bien boire: Et apres auoir recon-
nu qu'ils sont propres à tous ces deux exercices, voulons & enten-
dons que lesdits priuilegiez iouyssent des graces, franchises, liber-
tez & immunitez, dont les autres iouyssent, & leurs soient fait bon-
ne chere, sans qu'ils déboursent argent ny gages, ne qu'ils soient
inquietez ny molestez en aucune façon que ce soit: mais au contrai-
re que payez pour luy, ainsi que de raison. Faisons inhibitions &
defenses d'autrement les traitter, sur peines reseruées à nôtre ge-
nerale table d'écornifletie, & demande arbitraire. En outre faisons sçauoir à tous ceux de nôtre cabale, que pour recompenser
tant de leurs biens-faits & merites, que pource qu'ils sont portez
vaillamment à nôtre seruice, ils leurs soient permis de viure ius-
ques à la mort, en dépit de tous ceux qui y voudront mettre empes-
chement: Car tel est nostre plaisir, le souhaittant & desirant ainsi.
Donné en nôtre Conseil entre deux treteaux, siege de raison, lieu
de concorde, l'an dernier apres midy, le premier du temps passé; &
par commandement de Monseigneur le Lieutenant general.

Signé, L'ALTERE' Greffier de Messeigneurs les Cheualiers
de la table ronde.

Et plus bas,

IAMAIS SAOVL.

Et sur le reply,

CHOV MARIONNIC
FRVCTVS VENTRIS.

Collationné à l'original par moy Secretaire & Garde-des-seaux
ordinaire de Messeigneurs les Cheualiers de la table ronde.

Ainsi signé, RVD'-EN-SOVPE LE VALEVREVX.

LE GAILLARD

LE GAILLARD MVSICIEN

ORDINAIRE DV ROY MARDY-GRAS,
Bacchus, & du Seigneur Chiflemus,
Salut.

A tous les Meßieurs de la grande Musique du Pont-Neuf.

SCHACHANT que ce feroit faire vn extreme
tort à des iours si celebres que ceux qui s'appro-
chent, que de ne pas tefmoigner la joye que nous en
auons par des Airs dignes de noftre fefte, i'ay voulu vous
faire à fçauoir, que fuiuant les volontez de nos Princes,
vous ayez à apprefter toute vôtre grande Mufique du
Pont-Neuf, vos lanternes & guitteres, pour luy donner
des ferennades, i'ay pour cét effect, & voftre plus grande
facilité, compofé ces mots, que ie vous fupplie de folfier
& d'entonner doctement fuiuant voftre Mufique ordinaire.

C

CHANSON BACHIQVE

à l'honneur du Seigneur
Mardy-Gras.

Sur l'air, *Mets l'y toy-mesme.*

I'Ay appris que Mars & Bellonne
Ont voulu rauir la couronne
A nostre Pere Mardy-Gras:
Mais par la vertu de ses charmes
Et la puissance de ses armes
Il les a tous deux mis à bas.

Dieux ! que c'est vne douce guerre
Celle qu'on fait à coups de verre,
Et à grands coups de ceruelas;
Bacchus y tient cét empire
Du bon enfant qui ne respire
Qu'au seruice de Mardy-Gras.

Place, le voicy qui s'approche,
Que l'on mette tout à la broche
Pour le receuoir dignement
Que l'on apporte la bouteille,
Puis qu'elle fait dire merueille,
Que ie luy fasse compliment.

O incomparable *Monarque*
C'eſt à ce coup que ie m'embarque,
Dans ce vaiſſeau comme tu vois,
Dans peu de temps par mon courage !
O que ie feray de voyage
Pour publier par tout tes Lois.

O que de chaſteaux en *Eſpagne*,
Que ie feray bien de campagne
Mais que i'aye pris de ce ius :
Et plus vaillant qu'vn *Alexandre*
Ie voudray faire condeſcendre
Tous les Rois à ton cher *Bachus*.

Voicy Camarade nos armes,
Qu'on ſe prepare aux allarmes
Qui ſe vont faire en ce lieu :
Et ſi nous tombons tous par terre
Ce ne ſera qu'à coups de verre
Que nous liurerons pour ce Dieu.

Frappons, trinquons, trinquons tretou
Pour faire retentir nos coup.
Parmy les meilleurs compagnons
Faiſons voir la belle victoire
Que nous remporterons à boire
Sur les plus vaillans champions.

FIN.